我迷路了

林玫君 ◆ 譯

2ND EDITION

◆ A CHILDREN'S PROBLEM SOLVING BOOK ◆

I'm Lost

Written by Elizabeth Crary

Illustrated by Marina Megale

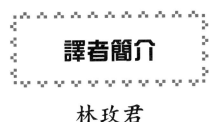

譯者簡介

林玫君

現任
國立臺南大學藝術學院院長
國立臺南大學戲劇創作與應用學系專任教授

學歷
美國亞歷桑那州立大學課程與教學組學前教育博士
美國亞歷桑那州立大學戲劇教育碩士

經歷
國立臺南大學幼兒教育學系教授兼系主任
教育部幼兒美感及藝術教育扎根計畫主持人
教育部幼托整合課綱美感領域主持人
國立臺南大學戲劇創作與應用系創系主任
香港幼兒戲劇教育計畫海外研究顧問
英國 Warwick 大學訪問學者

論文及譯著作
幼兒美感暨戲劇教育及師資培育等相關論文數十篇及下列書籍：
幼兒園美感教育（著作，心理，2015）
兒童情緒管理系列（譯作，心理，2003）
兒童問題解決系列（譯作，心理，2003）
兒童自己做決定系列（譯作，心理，2003）
在幼稚園的感受：進森的一天（譯作，心理，2002）
創作性兒童戲劇入門：教室中的表演藝術課程（編譯，心理，1995）
創作性兒童戲劇進階：教室中的表演藝術課程（合譯，心理，2010）
酷凌行動：應用戲劇手法處理校園霸凌和衝突（合譯，心理，2007）
創造性戲劇理論與實務：教室中的行動研究（著作，心理，2005）
幼兒園創造性戲劇理論探討與實務研究（著作，供學，2002）

家長們（或其他的成人）可以教導孩子如何思考

我寫了六本與問題解決有關的書，來幫助孩子學習如何解決社會問題。每本書都在探討一些孩子常常遇到的麻煩，如：和別人分享、等待、慾望、迷路、被取綽號等。孩子在思索書中的問題時，應該會充滿了興致，因為這些書的內容具互動性；它需要小聽眾或小讀者們，主動地幫助故事中的主角做決定並解決問題。

這些書為什麼不一樣

這些書看起來與眾不同，因為它們能發揮不凡的功效。它們以三種方式來教導孩子思考日常生活中面臨的問題：第一，示範「三思而後行」的過程。第二，為孩子提供多樣處理問題的方式。第三，呈現一個人的行為如何影響別人的歷程。研究中顯示，如果一個孩子愈能運用多元策略來解決自己的社會問題，他的社會適應能力就愈好。

如何使用本書

幾乎在每一頁中，你都可以找到一些問題來詢問孩子。在你讀到頁中的黑體字之前，給孩子一點時間思考如何回答這些問題。每一次討論到「抉擇」的部分（灰色欄中），讓孩子自己選擇要怎麼做。之後就翻到他們選擇的那一頁，看看會發生什麼事情。所有的替代方案並無對錯之別，我們只是提供孩子思考的機會。問題的結果能夠讓孩子自我發現——了解為什麼有些方法比另一些方法還有效果。

我也把一些和情緒有關的問題加進去，讓孩子思考當問題發生時，他們對一件事的感受是什麼。其實，對於事情的感受並無好壞之別，只是這些感覺是真實存在的。能察覺自己感受的能力，可以幫助孩子以符合自己或別人需要的方式，來思考問題解決的策略。

從故事轉到現實的生活

每本書的最後一頁，會邀請小讀者自己列出解決故事問題的其他方法。只要適當的引導，你的孩子可以利用書中的策略，來思考一些自己可能需要解決的問題。對一些不願意談論自己問題的孩子，你可以要他們討論：「如果換成書中的主角遇到這樣的狀況，他會怎麼做？」

透過閱讀這些書，你在幫助你的孩子學習怎麼做決定。更進一步地，你在教導他（她）：「思考和學習是有趣的」。孩子透過思考來學習思考，而不是經由直接的灌輸教導。盡量給予孩子充分練習思考及解決問題的機會。

祝大家玩得愉快！

Elizabeth Crary
西雅圖／華盛頓

「情緒」是人類與生俱有的本能與特點，它是一種複雜又難以用言語形容的生理反應及心理感覺。無論對大人或兒童而言，如何了解及面對自己的情緒是一件重要的事。多數的人都能接受正面的情緒如快樂、高興、喜悅或驚喜；但許多負面的情緒如生氣、悲傷、害怕或焦慮等反應，卻讓人難以接受。因此，當我們聽到孩子哭的時候，常常急著平撫：「乖乖，不要哭。」再不然，就斥責小孩：「哭什麼哭，有什麼好哭的？」當耐心磨盡時，更會威脅著說：「再哭，我就叫警察來抓你了！」通常孩子會愈哭愈大聲，不然就是被迫停止哭泣，但心中的不解與情緒的震撼，始終未被適當地疏導或解決。勉強壓抑的情緒終究會繼續發生，就像是個不定時炸彈，不知何時又會爆發。

許多負面的情緒常是因著一些生活上的問題或衝突未獲解決而產生。在面對孩子的麻煩時，大人常常以簡化的方式來擺平問題，例如在家中或教室裡，我們常會聽到成人要肇事的孩子以「對不起」、「用說的」、或是「下次不可以這樣」來解決問題。而有些大人則認為，孩子應該學著去解決自己的問題，因此，當衝突發生時，就告訴孩子：「我不管，你們自己去處理。」問題是——大人從來沒有提供任何的引導，孩子怎麼知道他可以如何解決當下發生的問題？

從小就很少有人教導我們如何去面對、接受或處理一些複雜難過的情緒與問題。多數人一直被教導著要「知禮守份」，只要乖乖聽話或用功讀書就好，其他的一概不用管，也不需要學。在生活中，「生氣罵人」是大人的權利；而「害怕」、「哭泣」是小Baby的行為。當生氣難過時，我們已經習慣去壓抑這些大人所認為的「不恰當」反應；而當麻煩出現時，我們也學著去忽略或者簡單處理這一些問題。漸漸地，當我們成為父母、為人師表時，在面對孩子的情緒反應及問題行為的當下，我們也不自覺地運用同樣的方法去壓抑這些負面的情緒及生活中的問題。

在今日瞬息萬變的社會中，孩子更是提前面對各類複雜的情緒與問題。家長與教師在處理這些狀況時，不能再如以往，用逃避或壓抑的態度來面對，他們更需要提供孩子各類的機會去了解自己的情緒且學習如何解決因應而生的問題。本書作者Elizabeth Crary就針對這個部分的需要，提供她個人的專業經驗。作者利用故事情境，為成人及孩子提供一個互動討論的空間。透過故事中的替代經驗，孩子得以發現不同的情緒表達方式與不同的行動所產生的後果。除了直接的討論外，筆者也建議成人利用戲劇扮演的方式來引導幼兒。藉此，幼兒更能深刻體認劇中人物的遭遇，並藉此來探討與自己有關的情緒經驗和社會問題。

林玫君

這是一個和佳佳有關的故事。
平常她可以自己玩得很開心，
她喜歡玩玩具、去動物園、或者在公園裡玩球。

今天對佳佳來說是很特別的一天。

她和爸爸要到動物園去。

佳佳很喜歡搭在爸爸的腿上，然後再從上面趴到欄杆上，貼近地看著動物。

可是現在佳佳很不快樂。

她和爸爸走散，她迷路了。

她該怎麼做才能找到爸爸呢？

（等到孩子開始回答你的問題時，請翻到第4頁「如何使用本書」的部分，其中有如何鼓
勵孩子思考的建議。）

抉擇

她想出七個點子。她可以——

她會先試試看哪個點子呢？

（等待孩子的回答。然後翻到恰當的頁數，繼續這個故事。）

11

留在原地

她決定留在原地。

爸爸曾經說過：「如果妳走丟了，就站在原地，我會回來找到妳的。」

她東看看西看看，到處找爸爸。

她等得很不耐煩了。

佳佳現在覺得怎樣呢？

很緊張，因為她不知道爸爸在哪裡？

抉擇

你覺得佳佳下一步該怎麼辦呢？

繼續等待 ·· 第14頁

去找爸爸 ·· 第16頁

13

繼續等待

佳佳決定在那裡等久一點。

她一個人坐在那裡等爸爸，覺得很孤單。

最後，爸爸終於出現了。她衝向爸爸。

爸爸說：「真高興找到妳了，我好擔心喔！還好妳留在原處，沒有到處亂跑。」

妳喜歡這樣的結局嗎？

現在假設佳佳已經等不下去，而且還沒找到她的爸爸。

抉擇

你覺得佳佳該怎麼做呢？

15

去找爸爸

佳佳決定去找爸爸。

她一直走一直走，走到一條分叉路口。

佳佳想：「到底爸爸走的是哪一條路？」

佳佳現在覺得怎樣呢？

　　很害怕。因為她不知道爸爸走哪個方向。

抉擇

佳佳現在該怎麼辦呢？

16

大哭一場

　　佳佳很想哭。她靠著一棵樹坐下，開始哭了起來。她一直哭一直哭。

　　最後，她終於不哭了，但她還是沒看到爸爸。

　　她想，到底該怎麼辦呢？

　　後來，她想到爸爸曾經說過：「如果需要幫忙的話，可以找警察伯伯、帶小孩的阿姨、或是店裡的工作人員。」

　　佳佳現在覺得怎樣呢？

　　既孤單又害怕，因為她還沒找到爸爸。

抉擇

妳覺得佳佳下一步該怎麼做呢？

　　找警察伯伯 ————————————————————— 第20頁

　　找帶著小孩的阿姨 ————————————————— 第22頁

找警察伯伯

佳佳記得，小朋友迷路的時候，可以找警察伯伯幫忙。

佳佳決定站到餐桌上面，然後到處看看警察伯伯在哪裡。

她看到很多人，但是沒有看到爸爸，也沒看到警察。

佳佳現在覺得怎樣呢？

　　很擔心，因為她還沒找到爸爸。

抉擇

佳佳下一步該怎麼辦呢？

21

找帶著小孩的阿姨

佳佳看到一個阿姨帶著小孩，停在小馬場旁邊。

佳佳跑到阿姨的旁邊問：「嗨！我的名字是佳佳，我找不到爸爸。阿姨，妳可不可以幫我找他？」

「我可以幫妳的忙。」阿姨回答。「我會到服務台，請人幫妳找爸爸。」

佳佳現在覺得怎樣呢？

　　很高興但是也有點害怕。她很高興，因為阿姨說要去幫她找爸爸；她也很害怕，因為還沒有找到爸爸。

佳佳會找到爸爸嗎？

（請翻到第26頁。）

找工作人員幫忙

佳佳決定找個工作人員問一問。她記得點心攤的位置,然後她就向後走到那裡。

佳佳告訴店員阿姨:「我的名字叫佳佳,我迷路了。」

然後她問:「妳可不可以幫我的忙?」

「我應該可以幫得上忙!」那個店員說。她打電話到服務台找人幫忙。

佳佳現在覺得怎樣呢?

很高興但是也很難過。高興的是店員阿姨會幫忙;難過的是她還沒找到爸爸。

(請翻到第26頁。)

這時候從服務台來了一名警衛。

她問佳佳知不知道爸爸的名字，和長什麼樣子。

她回答：「他的名字叫做李偉名。他的頭髮黑黑的，而且還坐在輪椅上。」

佳佳和警衛往回走到服務台，接近正門口的地方。

警衛用擴大器廣播，請李偉名先生到服務台來。

佳佳現在覺得怎樣呢？

很高興，因為終於有人可以幫她找爸爸了。

（請翻到第28頁。）

27

在正門口等待

佳佳在正門口等爸爸。她記得哥哥常常在商店的門口等爸爸。

她希望爸爸會在正門口發現她。

她一面等爸爸，一面和警衛聊天。

佳佳現在覺得怎樣呢？

　高興又擔心。高興的是警衛阿姨已經廣播找爸爸了；可是她又很擔心爸爸或許沒有聽到。

（請翻到第30頁。）

28

佳佳又等了一會兒爸爸就出現了。

當佳佳看到爸爸後，她衝到爸爸的面前。

爸爸抱著她說：「我真高興找到妳了，我好擔心，因為我不知道妳跑到哪裡去了。」

佳佳笑了，她說她也很擔心。

佳佳現在覺得怎樣呢？

高興！高興！真高興！她很高興終於找到爸爸了。

你喜歡這樣的結局嗎？

31

想法攔

以下是佳佳想到的主意。

你也可以開始列下一些自己的想法,當你迷路的時候,可以做些什麼事?如果隨時有新的點子,可以再加上去。祝你玩得愉快!

佳佳的想法

✔ 留在原地

✔ 去找爸爸

✔ 大哭一場

✔ 找警察伯伯

✔ 找帶著小孩的阿姨

✔ 找工作人員幫忙

✔ 在正門口等待

你的想法

✎ _____

✎ _____

✎ _____

✎ _____

✎ _____

✎ _____

✎ _____

✎ _____

✎ _____

✎ _____

✎ _____

兒童問題解決系列 52020

我迷路了

作　　者：Elizabeth Crary

插　　畫：Marina Megale

譯　　者：林玫君

執行編輯：陳文玲

總 編 輯：林敬堯

發 行 人：洪有義

出 版 者：心理出版社股份有限公司

地　　址：231 新北市新店區光明街 288 號 7 樓

電　　話：(02) 29150566

傳　　真：(02) 29152928

郵撥帳號：19293172　心理出版社股份有限公司

網　　址：http://www.psy.com.tw

電子信箱：psychoco@ms15.hinet.net

駐美代表：Lisa Wu (lisawu99@optonline.net)

排 版 者：博創印藝文化事業有限公司

印 刷 者：博創印藝文化事業有限公司

初版一刷：2003 年 1 月

初版八刷：2016 年 3 月

Ｉ Ｓ Ｂ Ｎ：978-957-702-548-7（全套）

定　　價：新台幣 650 元（全套六冊，不分售）

解決社會問題……

兒童問題解決系列 教導兒童思考他們所遇到的問題。每個互動性的故事可讓讀者選擇主角的行動,並且知道結果為何。適用年齡為三至八歲。

本系列由 Elizabeth Crary 撰寫, Marina Megale 繪圖,林玫君翻譯。

52021 美美和咪咪都想玩小貨車

52022 小珍不喜歡被小迪叫笨蛋

52023 宗凱不想一個人玩,他想和別人一起玩

52024 修文的媽媽準備要出門,他感到難過又害怕

52025 琪美正在玩跳跳床,小志也想玩,他等不及了!

52026 佳佳和爸爸在動物園走失了,她很擔心找不到爸爸

應付強烈的情緒……

兒童情緒解決系列 介紹六種強烈的情緒。孩子可以從書中發現安全且具有創造性的方式來表達這些情緒。每個互動性的故事可讓讀者選擇主角的行動,並且知道結果為何。適用年齡為三至九歲。

本系列由 Elizabeth Crary 撰寫,Jean Whitney 繪圖,林玫君翻譯。

52011 我好生氣

52012 我好沮喪

52013 我好得意

52014 我好害怕

52015 我好興奮

52016 我好氣憤

解決人際關係的困擾……

兒童自己做決定系列 教導兒童去思考他們和其他兒童相處時可能遇到的問題。每個互動性的故事都可讓讀者選擇主角的行動，並且知道結果為何。適用年齡為五至十歲。本系列由 Elizabeth Crary 撰寫，Susan Avishai 繪圖，林玫君翻譯。

52031 有人偷了心怡的醃黃瓜，她該怎麼辦呢？

52032 小威需要安靜，他的妹妹想要玩——現在，他該怎麼辦？

52033 芳芳的一個同學總是從她頭上搶走她的帽子，她該怎麼辦？

52005 在幼稚園的感受：進森的一天

　　讓我們跟著進森走入他的幼稚園，去體驗一個四歲大的孩子，在學校一天生活中可能發生的狀況與感受，包含生氣、驕傲、及各種複雜的心情。透過老師的幫忙，進森慢慢練習用言語來表達他的感受。老師可以試著拿進森的例子和幼兒討論他們的感覺。在學前的階段，如何妥善表達及處理自己的感覺是非常重要的學習經驗。

　　本書由 Susan Conlin 與 Susan Levine Friedman 撰寫，M. Kathryn Smith 繪圖，林玫君翻譯。